# Discours sur la Nécessité et les Moyens de Détruire l'Esclavage dans les Colonies

© 2024 Culturea
Texte et illustration de couverture : © domaine public (open access licence CC0 1.0 universel)
Édition et mise en page : Culturea (Hérault, 34)
Retrouvez notre catalogue sur http://culturea.fr/
Contact : infos@culturea.fr
Imprimé en Allemagne par Books on Demand Gmbh
Design typographique et layout : Derek Murphy  et Reedsy
ISBN : 9791041958733
Date de parution : février 2024

Ce livre :

— a été composé avec une police open source libre de droits dessinée sur Open Fondry https://open-foundry.com/
— est édité en libre access sous licence CC0 (Creative Commons Zero)  afin de conserver l'oeuvre au plus près des caractéristiques du domaine public.
— offre la possibilité à son lecteur de partager, dupliquer ou distribuer son contenu, sans restriction ni réserve.
— permet de replanter un arbre. SHS Éditions soutient Plantons Pour l'Avenir, fonds de dotation pour le reboisement des forêts françaises
 400 projets de reboisement de forêts soutenus depuis 2014 à travers la France
https://www.plantonspourlavenir.fr/

•••

Le cri pour l'esclavage est le cri du luxe et de la volupté, et non pas celui de la félicité publique.
Montesqu.

# AVANT-PROPOS.

Montesquieu a consacré un livre entier de l'Esprit des Lois à traiter des esclaves et des affranchis. Il a prouvé combien l'esclavage est contraire aux principes de la morale naturelle. Plusieurs auteurs ont peint avec énergie les horreurs de l'esclavage et les détails affreux du commerce des Nègres. Une société nombreuse s'est formée pour anéantir ce commerce et cet esclavage. Des habitants éclairés et sensibles désirent un changement. L'opinion publique s'unit enfin aux voeux de l'humanité et de la justice : mais l'intérêt particulier s'agite, et les combat encore. Les parlement d'Angleterre n'a pas même osé prononcer sur cette importante question. Six millions de Nègres portent, des nos jours, les chaînes des nations de l'Europe. Il faut donc de nouveaux efforts pour affranchir ces infortunés.

L'intérêt particulier m'a paru se concilier avec les droits sacrés que la raison réclame. J'avois pensé, il y a long-temps, que dans l'état même des colonies, on pourroit trouver des moyens d'affranchissement ; et ce sont ces moyens que je publie aujourd'hui. J'ai cru inutile de donner à présent tous les détails du plan que je propose. On trouvera dans les notes les calculs dont j'ai employé les résultats-

C'est un crime public que j'attaque ; et on ne doit pas s'attendre à trouver dans ces feuilles des déclamations contre les colons ni contre les négociants qui font le commerce d'Afrique. Les hommes les plus respectables, dont l'antiquité nous a conservé le souvenir, ont eu des esclaves, et en ont vendu et acheté. Les lois doivent être l'expression de la justice ; si elles s'en écartent, et si elles conservent encore leur empire, l'homme le plus juste peut être entraîné lui-même par le vice de la législation.

Ceux qui s'occupent de gouverner les nations, ou de réformer les lois, doivent frémir de l'influence désastreuse que peuvent avoir leur erreurs.

5

# DE LA NÉCESSITÉ ET DES MOYENS DE DÉTRUIRE L'ESCLAVAGE DANS LES COLONIES.

Les crimes que la cupidité entraîne présentent à l'homme sensible le plus affreux tableau. C'est en vain qu'on a voulu les déguiser par les illusions de la fortune et de la gloire : ils ont ravagé la terre ; ils ont fait gémir l'humanité sous le poids du malheur. De toutes les parties du monde, l'Europe est celle qui s'en est rendue la plus coupable. Ailleurs on a été égaré par la vengeance et par la fureur des armes : c'est de sang froid que nous avons commis les plus cruels attentats. Nos connaissances et nos arts semblent n'avoir servi qu'à détruire le repos de toutes les nations. Au dedans, que de divisions et de troubles ! Au dehors, que d'oppressions et d'horreurs ! L'Asie, l'Afrique et l'Amérique ont été à la fois le théâtre de nos excès.

L'Asie nous a vus calculer la fortune sur la famine et la mort [Lisez l'état civil, politique et commerçant du Bengale, imprimé à la Haye, en 1775. Voyez les détails du procès de M. Hastings. Ce n'est pas qu'on doive fixer son opinion sur cet illustre accusé. Ce seroit une injustice ; il faut attendre sa défense et le jugement que portera la cour des Pair. Je n'ai entendu que des louanges en sa faveur de la part de tous les François qui ont passé dans les établissements Anglois pendant son administration. Je ne parle donc que des faits ; et c'est une grande leçon que l'Angleterre donnera encore, si elle punit les coupables, quels que soient d'ailleurs leurs titres et leurs services, et si par des loix de bienfaisance elle adoucit le sort des peuples opprimés.].

Nous avons dépeuplé et avili l'Afrique. L'Amérique dévastée a plié sous le joug de notre tyrannie. Nous y avons établi l'esclavage, que la religion proscrivoit dans nos climats [Louis XIII ne vouloit point d'esclaves : mais on lui persuada qu'on ne pouvoir convertir les Africains qu'en les chargeant de chaînes. Malheur aux hommes qui abusent ainsi de la foiblesse des rois !].

Nos colonies sont encore fondées sur cet abus criminel. Des terres ou la nature réunit toutes les richesses de la fécondité, sont sillonnées par des esclaves qu'on arrache à leur patrie, et qu'on charge de chaînes pour augmenter nos richesses. Il est consolant de voir une nation commerçante dénoncer elle-même à son sénat assemblé ce long outrage fait à l'humanité. Ce sénat souillera sa gloire, s'il ne change pas le sort de tant d'infortunés. La raison et la justice doivent enfin rétablir leurs droits et briser leurs fers.

L'Amérique fut dévastée par ses avides conquérants ; ils crurent que les mines précieuses que le sol leur offroit, suffiroient à leur ambition ; et pour en jouir sans partage, ils portèrent avec eux la destruction et l'effroi. Les habitants de ces contrées nouvelles, frappés de terreur, s'imaginèrent que leurs Dieux mêmes avoient décidé leur perte. Plusieurs étouffèrent leurs races ; et ce continent, à cette époque, semble être l'affreux séjour du crime et du malheur. Des peuples entiers ont disparu, et leurs noms sont oubliés. Leur existence n'est plus attestée que par la solitude de leurs demeures et l'horreur de leurs tombeaux. Bientôt ces mines funestes au bonheur du monde demandèrent des bras mercenaires, et on n'en trouvoit plus. On acheta des esclaves en Afrique, et on les traîna sur les plages de l'Amérique [Dès 1503 on porta quelques Nègres dans les colonies. On voit dans l'histoire navale de Hill, qu'Elisabeth voulut s'opposer à ce commerce ; elle donna des ordres pour qu'on ne transportât aucun Nègre d'Afrique qu'il n'eût donné son libre consentement. Elle disoit que toute violence à cet égard seroit détestable et attirerait la vengeance du ciel sur ceux qui s'en rendraient coupables.

La soif de l'or l'emporta bientôt sur le cri de la justice.

Les Génois, les Portugais, les François et les Anglois se

disputèrent tour à tour l'avantage barbare de fournir des esclaves.] ; ils aggravèrent encore le sort des malheureux Indiens.

C'est ainsi que quelques tyrans croyoient avoir le droit de soumettre la terre entière à leurs jouissances. Tant de désordres avoient confondu toutes les idées. Les titres clairs et sacrés de la justice, de la propriété et de la liberté, paroissoient effacés : on ne connoissoit que les excès de l'ambition et de l'audace. Las-Casas lui-même, cet évêque si vertueux au milieu de tant de crimes, demandoit de nouveaux esclaves ; trompé par son coeur, il croyoit diminuer le travail excessif et meurtrier auquel on condamnoit les Américains échappés à la mort. Les fiers oppresseurs du nouveau monde dédaignoient des travaux utiles, et leurs barbares mains ne savoient donner que des fers.

Le commerce des hommes fut favorisé par toutes les nations commerçantes, comme une nouvelle source de richesses publiques. Près de six millions d'esclaves Africains peuplent aujourd'hui les champs de l'Amérique ; plus de cent mille infortunés sont enlevés chaque année à l'Afrique, pour soutenir cette population [M. Cooper, dans ses lettres sur le commerce des Nègres, publiées en Angleterre, évalue les esclaves des nations commerçantes de la manière suivante.

Aux Anglois et aux Américains ..................... 1,500,000

Aux François .................................. 400,000

Aux Espagnols ................................. 2,500,000

Aux Portugais ................................. 1,000,000

Aux Hollandais et aux Danois .................... 100,000

------

     5,500,000

------

Ce calcul n'est pas exact pour les François : ils possèdent environ 550000 esclaves ; et je crois qu'on peut porter à 6000000 les Nègres esclaves des colonies.

Le nombre des esclaves, traités chaque année, s'élève à plus de 100000. Voici un des dernier états de traite, depuis le Cap blanc jusqu'à New Congo.

Par les Anglois ............................. 53,100

Par les Etats unis .............................. 6,300
Par les François ................................. 23,500
Par les Hollandois ............................. 11,300
Par les Portugais ............................... 8,700
Par les Danois .................................. 1,200
-----
104,100
-----

Qui ont été achetés au prix moyen de 360 livres.]. Qui osera calculer ce qu'elle a coûté [J'aurois voulu présenter l'effrayant tableau de la dépopulation que ce commerce cause à l'Afrique : mais les éléments manquent pour en calculer exactement l'influence désastreuse. Pour s'en faire une idée, on doit remarquer que les Nègres qu'on traite sont tous dans la force de l'âge.

Ils ont passé les dangers de l'enfance, et il sont loin encore des accidents qui menacent le déclin de la vie. C'est à l'instant de leur plus grande reproduction qu'on les enlève à leur patrie. Réduisons les 100000 qu'on exporte à 97500 à cause de leur mortalité naturelle estimée dans la proportion de 1 à 40.

Ces 97500 représenteront un fonds de population de 3800000 individus détruits pour l'Afrique dans l'espace de 30 ans. Si on adopte la proportion de 1 à 30, qui paroît la plus vraie pour déterminer le nombre commun des morts, relativement à la masse des hommes existants, enlever à la population une classe d'hommes dans l'âge où la mortalité n'est que comme 1 à 40, c'est détruire réellement une plus grande masse d'habitants ; car 100000 individus, pris dans toutes les classes ne représentent que 3000000 de population, tandis que pris dans l'adolescence et la vigueur de l'âge, ces 100000 représentent une population de 4000000, ou de 3800000 en déduisant, comme j'ai fait, ceux que la mort naturelle détruiroit indépendamment de la traite. Si à ces 3800000 on ajoute le nombre des malheureux qui expirent dans les combats livrés pour enlever des esclaves, ceux qui périssent de misère, de fatigue et de désespoir, on verra que la masse de population anéantie par la traite dans l'espace de 30 ans, s'élève à plus de 4800000 individus, et qu'ainsi ce commerce cruel coûte chaque année à l'Afrique plus de 160000 de ses habitants.] ? Pour ravir des esclaves, on a massacré des millions d'hommes qui défendoient leur liberté. Peignez-vous tous les liens de la nature brisés, tous les sentiments outragés, toutes les cruautés réunies ; et vous aurez quelque idée des horreurs que je ne puis tracer. La guerre, les injustices et tous les crimes ont désolé les peuples que ce trafic a séduits.

Les côtes Occidentales de l'Afrique sont dépeuplées, et c'est de l'intérieur des terres, ou des côtes Orientales, qu'on traîne des esclaves aux marchés Européens.

Cette diminution de traite effraie déjà ceux qui calculent froidement la prospérité des colonies.

Quand les loix sacrées de l'ordre social sont violées, il n'y a plus de mesure aux excès que l'homme coupable ose commettre. Ici le cri de la nature semble implorer le ciel, et lui demander vengeance. Je parcours les feuilles de l'histoire, et je ne vois pas, dans ses tristes récits, de plus grand crime public. Il y a bientôt trois siècles qu'il se perpétue, et voilà l'ouvrage des nations qui se placent au rang des plus éclairées.

Je ne parlerai pas de la rigueur de l'esclavage dans nos colonies.

L'humanité frémiroit encore des tableaux que je pourrais rappeller. Le sceptre de l'oppression est toujours pesant ; et si des moeurs plus douces, si l'humanité, si l'intérêt même des colons ont tempéré les traitements barbares que leurs esclaves éprouvoient, cet esclavage est-il plus légitime ?

On a dit que la victoire légitimoit l'esclavage. Oui sans doute, comme la force légitime tout : mais alors le pacte social est détruit pour l'homme qu'on enchaîne. Si les Ilotes avoient vaincu Sparte, leur nom effaceroit peut-être dans l'histoire celui de leurs cruels oppresseurs. Rappellons-nous la honte des Romains pendant la guerre servile, le sang qu'ils firent couler pour étouffer des révoltes toujours renaissantes, et leur effroi, lorsque le Thrace Spartacus marchoit à Rome, et renversoit leurs préteurs et leurs légions [Il semble que quelques historiens ont cherché à effacer le souvenir de ces révoltes. Voilà comment on écrit l'histoire. Spartacus avoit un grand caractère, et s'il avoir pu arrêter la licence de ses compagnons d'armes, il aurait vengé l'univers.].

On a dit que l'intérêt des colons rendoit le sort de nos esclaves plus doux que celui des journaliers que la misère accable. Un sort plus doux ! Quelle est donc cette existence que la liberté n'accompagne pas ?

La misère est affreuse sans doute : mais la liberté, est un grand bien, et l'espérance luit encore au fond du coeur de l'homme libre. Que reste-t-il à celui qui ne l'est pas ? Est-ce par des désordres publics qu'il faut justifier d'autres désordres ? Parce que les attentats commis contre la propriété ont troublé la terre, on a nié que la propriété fut la base de l'ordre social. On a rappellé les faits éclatants de ces républiques fondées sur la communauté des biens.

A-t-on oublié qu'il n'y avoit là que des tyrans et des esclaves ? Parce que notre luxe et nos longues erreurs ont appauvri la classe infortunée qui fait naître nos subsistances, faut-il que des esclaves gémissent sous le fouet d'un commandeur cruel ? Faut-il, pour le bonheur public, charger de chaînes les mains qui nous nourrissent ? N'y auroit-il sur la terre, pour le pauvre qui la cultive, que des fers ou la mort ?... Quelle triste philosophie que celle qui conduit à de pareils résultats ! C'est ainsi qu'on justifie tout : l'esclavage devient un devoir : la tyrannie est un droit : la jouissance seule est un titre. Malheur aux nations qui seroient assez aviliés pour laisser établir ces maximes cruelles : il n'y auroit plus pour elles que crimes et désespoir. Proscrivons enfin cette admiration exclusive pour l'antiquité.

Ne rendons hommage qu'aux vertus particulières éparses çà et là dans l'histoire, comme des phares brillants sur la vaste étendue d'une mer sombre et agitée. Qu'importent de grands noms et leur éclatante renommée, si la vertu et l'humanité gémissoient auprès d'eux ? Ne respectons que les institutions conformes à nos droits ; rappellons les caractères qui les distinguent, et cherchons ainsi à réparer les maux que leur violation et leur oubli ont répandus sur la terre.

La possession libre et exclusive de nous-mêmes, ou notre propriété personnelle, est notre premier droit ; il est inaliénable et sacré.

Réduire un homme à la condition d'esclave, est donc, après le meurtre, le plus violent des attentats. L'homme anéantiroit tous ses droits en se rendant esclave. Il n'y a point de vente où il n'y a pas de prix [Ecoutez Montesquieu, «il n'est pas vrai qu'un homme libre puisse se vendre. La vente suppose un prix : l'esclave se vendant, tous ses biens entreroient dans la propriété du maître le maître ne donneroit rien, et l'esclave ne recevroit rien, etc.» Esprit des loix, liv. XV, chap 2.

«Les mots esclavage et droit sont contradictoires : ils s'excluent mutuellement». Rousseau, contrat social, liv. I, chap. 4.]. Ainsi l'homme ne peut jamais aliéner sa liberté ; et s'il ne peut pas l'aliéner, qui est-ce qui pourroit en disposer ? On peut enchaîner un criminel ; voilà le droit de la force publique : mais si le coupable rompt sa chaîne, il n'est plus esclave.

Le nom d'homme repousse celui d'esclave ; et les tyrans eux-mêmes l'ont bien senti. Quand ils ont avili des infortunés à porter leurs chaînes, ils ne les ont plus comptés que comme des instruments de culture ou de travail [Les Lacédémoniens fustigeoient leurs esclaves à certaines époques de l'année, uniquement pour faire sentir à ces infortunés le poids de leur servitude. Plus d'une fois, dans nos colonies, des maîtres cruels se sont fait un spectacle des coups de fouet dont ils déchiroient leurs Nègres.]. Les droits les plus sacrés, la justice et l'humanité proscrivent donc l'esclavage. On croit que l'équilibre politique et le maintien des richesses nationales s'opposent encore à ce voeu de la raison et de la nature. Si je prouvois que cet équilibre et le maintien même des richesses demandent que l'esclavage soit aboli, et si j'en indiquois les moyens, j'aurois peut-être rendu quelque service à l'humanité.

J'ai dit que la traite diminuoit. Cette rareté d'esclaves menace la culture des colonies. La dépopulation des côtes de l'Afrique baignées par l'Océan a dirigé une partie du commerce des Noirs vers les côtes Orientales de ce continent ; la traite y est plus abondante et moins chère : mais la longueur et les dangers de la navigation causent presque toujours une mortalité effrayante. Le prix des esclaves a doublé dans nos colonies depuis vingt ans ; et plusieurs habitations ne donnent pas la moitié des produits qu'elles pourroient fournir, faute de bras pour leurs travaux. La population, quoiqu'un peu plus animée, ne remplace pas la moitié des esclaves que la mortalité enlève. L'avenir n'offre donc à cet égard qu'une perspective allarmante. Il est temps d'obéir à une révolution que la nature prépare elle-même. Notre politique et nos petits intérêts n'arrêteront pas sa marche.

L'Espagne donne depuis long-temps des moyens de liberté à ses esclaves [Dans les colonies Espagnoles, chaque esclave a un jour par semaine où il travaille pour son compte. Ce moyen est dangereux, et c'est souvent à la débauche que l'esclave consacre les moments qui lui sont accordés.

Dans les colonies Espagnoles, les affranchis sont presque tous les ministres des voluptés de leurs maîtres. On doit cependant applaudir l'humanité de la loi qui assure la liberté à chaque esclave Espagnol, en état de payer sa rançon.]. La volupté et le luxe détruisent les avantages de cette liberté. Ce n'est pas cet exemple que je proposerai de suivre : mais il est dangereux pour nos colonies, et il cause souvent une désertion ruineuse pour nos établissements.

Les États-unis rendent peu à peu la liberté à leurs Nègres [On a suivi dans les États-unis différentes méthodes pour l'affranchissement des esclaves.

Dans quelques parties le petit nombre de Nègres qu'il y avoit, a permis de les affranchir tout d'un coup ; et ils sont restés attachés à leur maîtres, comme domestiques et journaliers.]. Sans doute la reconnoissance doit enchaîner long-temps cette nation nouvelle : mais tout s'oublie ; les circonstances et les intérêts changent ; et si l'on venoit offrir la liberté à nos esclaves, quels seroient nos moyens de défense ?

Si le parlement d'Angleterre adopte une loi qui adoucisse l'esclavage dans les colonies Britanniques, on doit redouter l'effet qu'elle produira sur nos esclaves, et déjà les colons en sont allarmés.

Plus nos établissements s'accroissent, et plus leur possession devient incertaine. Le grand nombre d'esclaves nécessaires à leur culture est seul un grand danger [Les Lacédémoniens limitoient, pour leur sûreté, le nombre de leurs esclaves, et ils en firent quelquefois exposer les enfants. «Rien, dit encore Montesquieu, ne met plus près de la condition des bêtes, que de voir toujours des hommes libres, et de ne l'être pas. De telles gens sont des ennemis naturels de la société, et leur nombre seroit dangereux». Liv. XV, chap. XIII.11].

Le commerce des esclaves nuit à la navigation. Il détruit chaque année un sixième des gens de mer qu'on y emploie. C'est une école affreuse pour les moeurs.

Il suffit d'indiquer ces considérations pour prouver la nécessité de changer de système. La culture et la conservation des colonies en dépendent. Je vais démontrer que l'intérêt particulier s'unit ici à la surveillance politique et au maintien des richesses publiques.

Le travail des esclaves n'est jamais aussi productif que celui de l'homme libre.

«Les mines des Turcs, dans le Bannat de Temeswar, dit Montesquieu, étoient plus riches que celles de Hongrie, et elles ne rendoient pas tant, parce qu'ils n'imaginoient jamais que les bras de leurs esclaves».

Dans les sucreries les mieux cultivées, le produit du travail annuel d'un esclave, dans la force de l'âge, ne peut pas être apprécié au dessus de 1200 l. En Angleterre on évalue le produit annuel du travail d'un cultivateur à 2400 l. A la vérité, il est question ici du laboureur aidé de toutes les machines que l'art a inventées pour faciliter la culture : mais l'usage de ces machines peut être introduit dans nos colonies, et il sera une suite nécessaire de la liberté. Des calculs exacts établis sur le produit total des colonies les mieux cultivées, ne donnent qu'environ 353 l. pour le produit du travail de chaque esclave existant dans nos îles. Le même calcul, en supposant que le quart de la population du royaume soit attaché à la culture, donne 500 liv. pour le produit annuel du travail de chaque individu de la classe agricole.

Ainsi, sous ce premier rapport, le travail de l'homme libre est bien plus avantageux que celui des esclaves : mais il faut comparer encore la fertilité des terres dans nos colonies et en Europe. Le produit du travail est aussi en raison de la fertilité ; et une terre où elle seroit double d'une autre, donneroit, avec le même travail, un double produit. Le plus ou le moins de valeur des productions générales recueillies sur la même étendue de terrein, dans des cultures et des climats différents, peut être regardé comme la mesure comparative de leur fertilité. La valeur du produit des terres, dans les colonies, est trois fois plus considérable que celui que nous obtenons dans nos champs les mieux cultivés.

C'est ainsi qu'on peut prouver que l'esclave ne donne pas le tiers du produit du travail d'un homme libre [J'ai porté à 1200 livres le produit du travail d'un Nègre dans la force de l'âge, et on ne peut pas l'évaluer plus haut. M. Arthur Young, écrivain Anglois, célèbre par l'étendue de ses connaissances économiques et politiques, évalue, d'après quelques informations parlementaires, le produit du travail des Nègres de 9 à 15 livres sterlings au plus, et d'après le produit général de la Jamaïque à 7 livres 10 schelings par tête. J'ai réuni dans le tableau suivant le produit des principales îles comparé au nombre de leurs Nègres travailleurs.
St. Domingue cultivée par 300,000 esclaves produit 100,000,000 l.
La Jamaïque par........ 200,000 esclaves produit 35,000,000
GUADELOUPE par......... 100,000 esclaves produit 18,000,000
MARTINIQUE par......... 80,000 esclaves produit 18,000,000
      -------
    680,000 esclaves produit 171,000,000 l.
J'ajouterai pour la valeur des denrées consommées dans ces îles provenant de la culture des Nègres 69,000,000
      -------
    240,000,000 l.
Ce qui donne par esclave 352 livres 18 sols 10 deniers.
M. Young évalue en Angleterre le travail annuel d'un bon cultivateur à 2.400 livres. Notre culture accablée par la misère publique, n'offre pas des résultats aussi brillants : mais ils surpassent de beaucoup le produit du travail des esclaves. Supposons qu'en France la consommation de chaque individu soit de 130 livres seulement, terme moyen ; la reproduction totale, si on compte 24000000

d'habitants dans le royaume, doit être de 3120 millions.


D'après d'autres données, la reproduction totale, en 1779, fut évaluée à 3164 millions.

On croit que le quart au plus de la population générale est attaché à la culture ; ainsi la reproduction totale est le prix du travail de six millions d'individus ; ce qui donne par tête un produit annuel de 527 livres 6 sols 8 deniers. Le produit du travail est encore en raison de la fertilité ou du prix des denrées cultivées ; de la fertilité, lorsque les denrées et les valeurs sont les mêmes ; et du prix, lorsque les denrées et les valeurs sont différentes. Le carreau de terre dans les colonies produit au moins 2000 livres par an, ce qui donne environ 800 livres par arpent. Le produit de l'acre en Angleterre n'est evalué qu'à 4 livres sterling, ou 108 livres par arpent [Note : Le carreau est de 3,400 toises quarrées. L'acre de 1,135 toises, et l'arpent de 1,334.4.]. Un homme, dont le travail rend annuellement 520 livres dans une terre qui ne produit que 108 livres par arpent, donnerait dans une terre qui produit 800 livres, 3851 livres 17 sols.

Je réduis cette somme au tiers à cause de l'avantage qu'a le cultivateur d'Europe d'employer des machines que le cultivateur esclave n'emploie pas, et nous aurons 1283 liv. 19 sols pour le travail de l'homme libre, tandis que celui de l'esclave n'est que d'environ 353 livres. J'ai comparé le travail de la vigne à celui des sucreries, il faut exactement le même nombre de journées d'esclaves que de vignerons dans la même étendue de terrein cultivée en cannes ou en vignes. Dans un arpent de vigne produisant 240 livres, le travail du journalier peut être évalué à 1200 livres par an, comme celui du Nègre sucrier dans sa plus grande valeur.

La proportion du travail libre au travail servile est donc ici comme 4000 livres à 1200 livres.


Pour prévenir les objections, j'ai infiniment réduit les avantages du travail de l'homme libre. Je préviens qu'il est toujours question dans ces calculs du produit absolu du travail, et pas du tout du produit net, que bien d'autres causes peuvent augmenter ou diminuer.].

Je sais que la nature des productions, l'état de l'agriculture et l'art de l'agriculteur peuvent apporter de grandes variations dans les rapports des cultures isolées : mais ce sont les cultures générales qu'il faut rapprocher, et ce sont elles qui ont servi de base à mes calculs.

On croit que le prix des denrées des colonies est un prix d'opinion, et qu'il ne peut pas être comparé au prix de nos productions d'Europe.

Cela étoit vrai, lorsque ces denrées n'étoient pas d'un usage général.

Elles le sont devenues aujourd'hui, et elles ont pris le caractère des denrées de première nécessité. Je trouverois d'ailleurs des preuves de cette plus grande fertilité des colonies dans la culture des plantes qui sont communes à l'Europe et au nouveau continent [Voyez ce que dit M. Parmentier de la fécondité du maïs à l'Amérique, dans son excellent mémoire sur la culture de cette plante, couronné par l'Académie de Bordeaux en 1784. L'évaporation à l'Amérique est beaucoup plus considérable que dans nos climats ; et il seroit peut-être possible de prouver que la fertilité des différentes parties de la terre est en raison de l'évaporation de leurs surfaces.].

Le travail des esclaves est moins cher, dit-on, que celui du journalier, et c'est bien moins le produit absolu de la culture qu'il importe au propriétaire d'augmenter, que le bénéfice qu'il en retire.


Si l'on calcule l'intérêt de la valeur d'un esclave, le prix des remplacements nécessaires, et les frais de nourriture et d'hôpital, on verra que ce meilleur marché n'est qu'une illusion, et que chaque Nègre travaillant coûte annuellement plus de 500 livres à son maître [On objectera que c'est le bon marché du travail, bien plus que sa quantité absolue, qui est important pour le propriétaire ; c'est le plus grand bénéfice qu'il doit chercher. Il faut donc prouver encore que le travail de l'esclave est plus coûteux que celui du cultivateur salarié. Le Nègre, dont j'ai évalué le travail à 1200 livres, vaut au moins 3000 livres. L'intérêt de cette somme compté à 8 pour cent dans les colonies, les risques de remplacements 5 pour cent font ensemble 13 pour cent ou 390 livres ; si on y ajoute 110 livres seulement pour l'entretien et la nourriture, on trouvera que chaque esclave, bon travailleur, coûte au moins 500 livres, tandis que le prix d'un journalier en France n'est que de 300 à 350 livres, pour son travail annuel.].

On peut objecter enfin que la chaleur du climat des colonies ne permettroit pas à nos cultivateurs d'y fournir la même mesure de travail.

De nombreuses expériences démentiroient cette assertion ; elles prouvent que le travail est un moyen de conservation dans nos îles, pour les ouvriers que la fortune y appelle. La chaleur dans nos provinces Méridionales, aux mois de Juin, de Juillet et d'Août, est souvent plus forte qu'à St. Domingue ; et c'est l'époque où les travaux de nos campagnes sont les plus forcés.

D'ailleurs je ne propose pas de conduire des cultivateurs d'Europe dans nos établissements.

Je déplore les funestes essais qu'on a faits à cet égard, et je sais combien l'ambition cruelle de ceux qui les dirigeoient a fait périr de victimes. Nous avons à nos portes assez de terres incultes et de champs déserts. Ce sont nos esclaves qu'il faut attacher au sol de nos colonies. Il faut les former au travail, et les aider de toutes les ressources de l'art pour faciliter leur culture, et rendre leurs travaux plus productifs. L'emploi des machines en agriculture peut être regardé comme ayant doublé la force des cultivateurs et le produit de leur travail. Voilà quel seroit encore l'effet de la liberté dans les colonies. Je suis étonné moi-même des résultats auxquels ces vérités conduisent. L'égarement de l'intérêt particulier est donc toujours une suite de l'oubli des principes de l'ordre et de la justice.

Après avoir rappellé ces principes sacrés, après avoir montré les considérations politiques et les avantages publics et particuliers qui sollicitent en faveur de la liberté de nos esclaves, je dois indiquer les moyens de donner cette liberté sans allarmer l'intérêt particulier, et en évitant les dangers d'une révolution trop rapide.

Lorsqu'il faut détruire de grands désordres publics, on doit se tenir en garde contre sa sensibilité.

Il faut calculer les effets des changements qu'on prépare ; car tout s'enchaîne dans l'état social. Des esclaves accoutumés au poids de leurs fers, confondent les égarements de la licence avec les

jouissances paisibles de la liberté. En rompant tout d'un coup leurs chaînes, on feroit leur malheur, et cette race infortunée disparoîtroit de dessus la terre qu'elle cultive. La paresse et la volupté, voilà presque toujours l'existence des affranchis. Leur liberté n'est souvent que le prix de leurs débauches.
Les crimes que les besoins entraînent achèvent de les dépraver.

L'esclave ne connoît que ce genre d'affranchi ; et c'est avec cette classe avilie qu'il se confondroit. Il n'y auroit plus alors de sûreté dans nos colonies, et leurs richesses seroient bientôt anéanties. Ce n'est pas la conservation de ces richesses qui m'arrête. L'opulence des nations et la fortune des particuliers n'excusent point leurs crimes. Je souillerois ma plume et je trahirois mon coeur, si je voulois justifier ainsi les outrages faits à la liberté : mais je le répète, c'est une considération plus puissante qui m'occupe : c'est le sort des esclaves qu'il ne faut pas exposer. Leur existence et leur bonheur tiennent aujourd'hui à nos propriétés.
Préparons la liberté qu'on doit leur donner un jour. Assurons-leur les moyens de l'obtenir par des travaux dont les produits leur appartiennent. L'homme n'est soumis aux loix sociales que pour conserver ses propriétés : il faut donc en donner à l'esclave qu'on veut affranchir.
Cette marche est celle de la nature. Lorsque les esclaves n'ont pas été affranchis par la victoire, ou, lorsqu'ils sont restés attachés au joug du vainqueur, ils ont été serfs de glèbe avant de devenir libres ; tels étoient les esclaves chez les Germains, au rapport de Tacite [Caeteris servis non in nostrum morem descriptis per familiam ministeriis utuntur. Suam quisque sedem, suos penates regit. Frumenti modum dominus, aut pecoris, aut vestis, ut colono, injungit, et servus hactenus paret. Tacite, de mor. Germ. ; c'est le premier degré d'affranchissement que je propose.].
Frappé de cette idée, il y a bientôt douze ans que je proposai à l'administration de diriger, d'après ce système, les nouveaux établissements dont on s'occupoit pour la Guyanne Françoise.

C'est dans cette vue que j'y avois demandé et obtenu une concession [Par arrêt du conseil, du 29 Décembre 1776, j'avois obtenu une concession du terrein situé dans la Guyanne, entre les rivières d'Oyac et d'Aprouague, ce qui occupe une étendue d'environ 250 lieues quarrées, et voici ce que je demandois. «Que tous les esclaves de la Guyanne eussent un pécule assuré et constant, et qu'il fût loisible aux habitants, comme à la compagnie que je formois, de changer l'esclavage pur et simple en servage de glèbe». Ce sont les termes d'un mémoire que je remis alors au ministre de la marine.]. Les circonstances et la guerre ont détruit ces projets : mais rien ne peut arracher de mon coeur le sentiment qui les dictoit. Je desirois que cette colonie servît de modèle pour l'affranchissement successif des esclaves. J'espérois que cette terre funeste, qui a coûté tant de trésors et tant de sang, jouiroit enfin de quelque liberté. J'avois tracé la marche successive de cet affranchissement, d'après la position particulière de cette colonie, et les moyens que le gouvernement se proposoit d'employer.

Je rappelle les mêmes principes, et j'ai prouvé qu'ils n'étoient que l'expression de la justice et de l'intérêt public et particulier. J'ai indiqué les dangers d'un affranchissement subit, et, s'il falloit des autorités, je dirois ce que Montesquieu rapporte de l'embarras des Romains pour cette partie de leur police publique, et de l'abus que des affranchis ont osé faire de leur droits.

Il faut, a dit un homme dont la plume éloquente a défendu avec énergie les droits sacrés de la liberté publique, «il faut, avant toutes choses, rendre dignes de la liberté et capables de la supporter, les serfs qu'on veut affranchir» [Rousseau, du gouvernement de Pologne.].

Je propose d'abord d'assurer en propriété à chaque esclave ce qu'il pourra gagner au delà du travail modéré auquel il peut être assujetti.

La loi relative à la mesure du travail imposé, doit varier suivant le genre de culture et la situation des établissements ; mais par-tout les règlements devront assurer à un esclave actif et laborieux les moyens de gagner, dans l'espace de six ou sept ans au plus, une somme égale aux trois quarts de sa valeur. Cette somme, fixée par la loi, ne doit

pas être arbitraire. En payant cette somme à son maître, l'esclave deviendroit serf de glèbe [C'est ce que les Romains appelloient adscripririos seu addictos glebae. Les addicti glebae étoient des serfs qui demeuroient attachés à la glèbe. Les adscripti glebae étoient des fermiers qui cultivoient en payant des redevances. Lorsque les Francs, dit Loiseau, conquirent les Gaules, ils réduisirent les naturels du pays à la servitude de glèbe. Le grand inconvénient de ces loix, ou plutôt leur injustice, étoit de ne pas prescrire des moyens d'affranchissement. La cupidité et la tyrannie y ajoutèrent successivement des dispositions vraiment barbares.], c'est-à-dire, qu'il seroit attaché à une partie du terrein ou des travaux de l'habitation, et le produit de sa culture seroit partagé entre son maître et lui [Voici un chapitre de Montesquieu, qui fera mieux entendre encore la nature du servage que je propose. «L'esclavage de glèbe s'établit quelquefois après une conquête. Dans ce cas l'esclave qui cultive doit être le colon partiaire du maître.
Il n'y a qu'une société de perte et de gain qui puisse réconcilier ceux qui sont destinés à travailler, avec ceux qui sont destinés à jouir». Esp. des loix, liv. XIII, chap. 3.]. Les Nègres ouvriers auroient, en entrant dans la classe des serfs de glèbe, un salaire également fixé par la loi.

Chaque esclave, en obtenant ce premier degré d'affranchissement, auroit le droit d'assurer le même avantage à sa femme, en payant une somme d'autant moins forte qu'elle auroit un plus grand nombre d'enfants. Les enfants ne naîtroient serfs de glèbe, qu'autant que leurs mères seroient déjà dans cette classe. Le pécule ou le gain assuré par la loi suivroit l'esclave, et appartiendroit à sa femme ou à ses enfants, après lui ; celui de la femme appartiendroit également ou au mari, ou aux enfants. S'ils n'avoient pas d'héritiers naturels, les esclaves pourroient disposer de leurs gains à leur volonté ; et s'ils n'en disposoient pas, leur pécule appartiendroit aux fonds de charités établis dans la colonie.
Les successions des serfs de glèbe pourroient être soumises à la même loi. Tout affranchissement qui ne seroit pas le prix du travail ou d'une grande vertu, seroit proscrit. C'est ainsi qu'on formeroit cette

population avilie à l'amour du travail et au respect des moeurs.

Le serf de glèbe ne pourroit ensuite s'affranchir des obligations que lui imposeroit la loi, qu'en remplissant celles qu'elle prescriroit pour le conduire à une liberté entière. Ces conditions seroient ou l'achat de la terre, s'il convenoit au propriétaire de l'aliéner, ou des redevances, ou le paiement d'une somme suffisante pour que le propriétaire pût faire cultiver lui-même la portion de terre que le serf abandonneroit.

Les serfs ouvriers s'affranchiroient, en payant une somme égale à la valeur représentative du travail que la loi leur imposeroit. C'est ainsi que cette loi, en rétablissant les droits les plus sacrés, porteroit le travail et la culture au plus haut point d'activité : elle serviroit à la fois l'intérêt public et l'intérêt particulier [Je crois pouvoir prouver que le revenu particulier seroit augmenté dans le nouveau système de culture que je propose : mais quand il seroit un peu diminué, la réparation d'une grande injustice exigeroit bien ce sacrifice.

Une habitation en sucre terré ayant 80 carreaux en cannes, 120 qui peuvent être plantés, et 100 en savannes ou prairies et mornes, évaluée..................................... 1,400,000 l.
Ayant un attelier de 250 Nègres estimés à 2000 liv.
ensemble 500,000 liv. donne un produit de
300,000 liv. de sucre : ces 300,000 liv. à 50 le
cent donnent................ 150,000 l.
Les dépenses.................. 40,000
       -----
Reduisent le produit à.......... 110,000 l.
       -----
Si les 250 Nègres s'affranchissent, ils paieront les
3/4 de leur valeur........................... 375,000
Nous avons évalué l'habitation.................... 1,400,000
       -----
Le capital est réduit à........................ 1,025,000 l.
       -----
Dans ce nouvel état de culture, le produit sera au
moins doublé et porté à......... 300,000 l.
La moitié du maître sera de....... 150,000 l.

La dépense réduite à............ 15,000

      -----

Le revenu sera de.............. 135,000 l.

      -----

Ou plus de 13 pour cent, tandis qu'il n'étoit que de 8 pour cent à peu près. Les serfs de glèbe, au lieu du produit de leurs jardins et de 25000 liv. pour leur entretien, auront également le produit de leurs jardins, dont ils pourront disposer, et un revenu de 500 l. par tête.

Depuis que j'ai écrit ces feuilles, j'ai lu, dans le courrier de l'Europe, vol. 23, n°. 25, un mémoire, présenté en 1779 et en 1785 par M. le chevalier de Laborie, lieutenant-colonel d'infanterie, sur les moyens de donner la liberté aux esclaves en Amérique. Les mêmes principes nous ont guidés ; mais les moyens d'affranchissement, que j'avois proposés en 1776 au gouvernement, et que je publie aujourd'hui, sont différents. M. de Laborie parle d'une sucrerie qu'il vouloit établir à la Tortue. Il étoit convenu, dit-il, qu'un habitant se chargeroit des frais d'établissement, en payant seulement aux cultivateurs la moitié du prix du sucre ; et il avoit calculé que chaque cultivateur aurait, au delà de ses dépenses, un bénéfice de 5 à 600 livres.]. Cette division de terrein accroîtroit rapidement les produits. C'est dans les atteliers des propriétaires que seroient manufacturées les denrées qui demandent des préparations, et que se feroient ensuite les partages.

La régie de ces établissements deviendroit plus simple et plus économique : la valeur du fonds augmenteroit avec la liberté.

Je me borne à tracer les idées élémentaires d'un plan dont les détails ne peuvent être déterminés que dans les colonies mêmes. La servitude de glèbe est odieuse, lorsque la loi n'assure pas des moyens successifs pour s'en affranchir. J'en ai dit assez pour qu'on ne confonde pas les règlements que je propose, avec les coutumes barbares que la tyrannie des seigneurs avoit introduites dans quelques-unes de nos provinces, et qui subsistent encore dans quelques états. Le servage que j'indique est le premier pas vers la liberté.

Le travail affranchira peu à peu de ce reste de servitude. Les principes que j'ai développés suffisent pour tracer la marche qu'il faut suivre. Celle de la justice n'est jamais incertaine, et c'est en oubliant nos droits qu'on a rendu nos institutions si obscures et si contradictoires.

On l'a dit, la vérité n'a qu'une route, et celles de l'erreur sont sans nombre.

L'affranchissement que j'ai proposé n'auroit aucun des inconvénients que peuvent craindre les défenseurs de l'esclavage. Lorsque j'ai porté ma pensée sur ce grand objet de police publique, j'ai redouté l'opinion et l'intérêt particulier. J'ai recueilli les objections qu'on opposoit à l'affranchissement des esclaves [Il est impossible de suivre tous les égarements de l'intérêt particulier. Personne n'a répondu avec plus de sentiment aux défenseurs de l'esclavage que M. l'abbé Raynal. Voyer l'histoire phil. et pol. des établissements des Européens dans les deux Indes, liv. XI, parag. XXIV.]. J'ai vu qu'elles supposoient toutes une révolution subite, également dangereuse pour les maîtres et pour les esclaves. Ceux qui défendent le système actuel, n'imaginent que des affranchis livrés à la paresse et aux voluptés, sans activité et sans énergie pour les travaux utiles.

Cette classe dangereuse est née de la corruption de nos moeurs. Je crois avoir tracé un autre ordre de choses et une marche plus prudente et plus sûre. Sa lenteur préviendroit tous les dangers. La révolution s'opèreroit insensiblement, sans effort et sans trouble. La liberté que je présente, auroit pour base le travail et les moeurs. Les propriétés particulières n'éprouveroient aucune atteinte ; leur produit seroit augmenté par l'intérêt des cultivateurs, par leur émulation et par leur industrie. On n'auroit rien à craindre de la licence des affranchis : leurs moeurs seroient changées, et on leur imprimeroit le caractère qui convient à un peuple cultivateur. Une population nouvelle, nombreuse et faite au travail, remplaceroit ce peuple d'esclaves qui cultivent nos colonies :

La possession de ces établissements seroit moins incertaine : chaque affranchi seroit un nouveau défenseur ; tandis qu'en cas d'attaque l'esclave est un ennemi de plus à combattre ou à enchaîner.

La justice, la bienfaisance et la liberté préviendroient la ruine qui menace nos colonies, si elles sont long-temps encore dépendantes du commerce des esclaves. Ce commerce, que rien ne peut justifier, s'anéantirait, et l'humanité auroit moins de larmes à verser. Ce plan peut être annoncé sans crainte : son premier effet sera de resserrer les noeuds de l'obéissance, de placer l'espoir du bonheur et de la liberté dans le travail et la bonne conduite, et d'animer ainsi la culture et la population des colonies.

C'est aux pieds de la nation assemblée que je mets ces projets. C'est elle qui doit prononcer sur d'aussi grands intérêts. Elle doit porter ses regards sur tous les hommes qui la composent. Elle doit s'occuper de tout ce qui peut influer sur les vertus particulières et publiques.

Elle doit se réformer elle-même et détruire les abus que de longues injustices ont consacrés. Puissent les idées que je viens de tracer adoucir le sort des infortunés dont j'ai plaidé la cause ! Quel que soit leur succès, elles auront eu pour moi le charme consolateur qu'ont toujours les voeux formés pour le bonheur de l'humanité.

# POSTSCRIPTUM

J'avois lu ce discours à l'Académie, et je le livrois à l'impression, lorsque j'ai reçu les réflexions sur l'esclavage des Nègres, par M. Schwartz, qui viennent d'être publiées. Si je n'avois voulu que prouver l'injustice de cet esclavage, j'aurois supprimé mon travail.
On ne peut rien ajouter à la clarté et à l'évidence des principes que l'auteur a rappellés. On ne peut pas plaider avec plus de raison et plus de force pour les droits de l'humanité. L'auteur de ce nouvel ouvrage a développé les vérités que je n'ai fait qu'indiquer : mais les moyens d'affranchissement qu'il présente ne me paroissent pas aussi convenables dans l'état actuel des colonies que ceux que j'ai proposés. Mon but essentiel a été de conduire les esclaves à la liberté, en les formant au travail et au respect des moeurs. Il ne suffit pas de les rendre libres ; il faut aussi leur donner une existence heureuse et utile. Je crois donc devoir encore soumettre mes idées à l'opinion publique.
Les colons sollicitent le droit de représentation aux états généraux.
Leur patriotisme et leur zèle sont des titres que le souverain et la nation ne méconnoîtront pas. La plus belle cause que les députés des colonies pourroient plaider dans cette auguste assemblée, seroit celle de la liberté que je réclame au nom de l'humanité et de la justice.
Extrait des registres de
l'Académie royale des sciences,
belles lettres et arts
de Bordeaux.
Du 7 Septembre 1788.

Ce jour, l'Académie extraordinairement assemblée pour délibérer la demande qui lui a été faite par M. de Ladebat, de vouloir bien lui permettre de faire imprimer, sous son privilège, le discours sur la nécessité et les moyens de détruire l'esclavage dans les colonies, qu'il lut à la séance publique du 25 Août dernier, la compagnie lui a unanimement accordé cette permission, et a autorisé M. le secrétaire à lui expédier à cet effet, une copie de la présente délibération.
En foi de quoi j'ai délivré le présent extrait, que je certifie conforme a l'original. A Bordeaux, ce 9 Octobre 1788.
De Lamontaigne,
Secrétaire perpétuel de l'Académie.

**FIN**